yh 478

Paris
1834

NEUREUTHER

Illustrations des classiques allemands

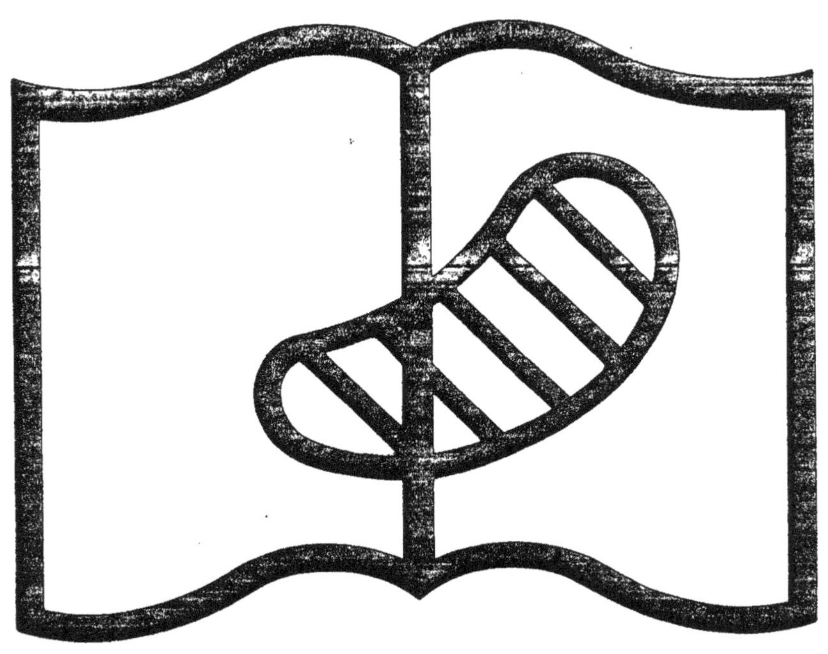

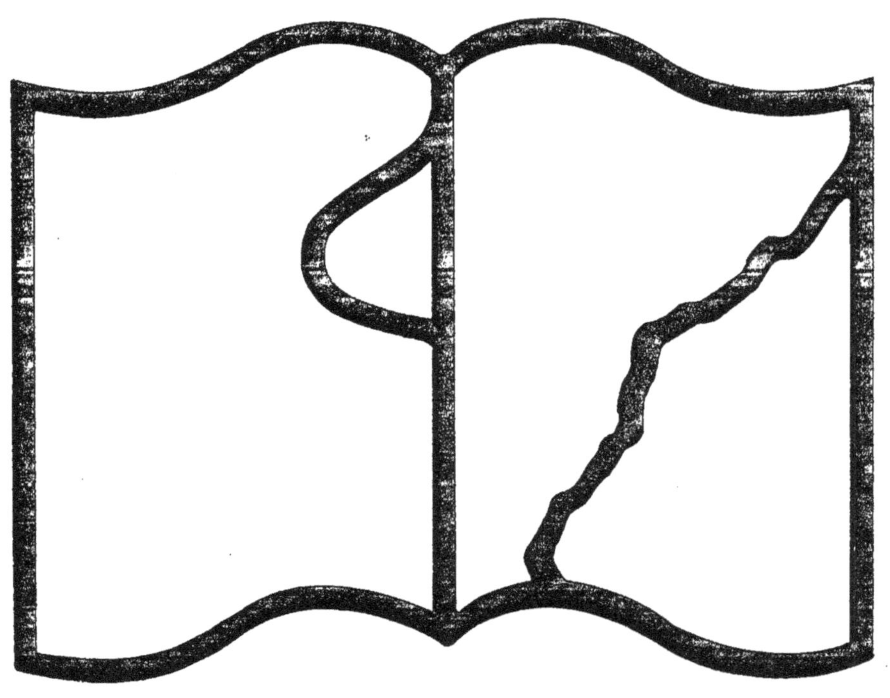

Symbole applicable
pour tout, ou partie
des documents microfilmés

Texte détérioré — reliure défectueuse

NF Z 43-120-11

INVENTAIRE
Yf 478

A PARIS,

CHEZ TOUS LES MARCHANDS DE NOUVEAUTÉS.

1834.

ILLUSTRATIONS

DES

CLASSIQUES ALLEMANDS,

PAR EUGÈNE NEUREUTHER.

À PARIS,

CHEZ TOUS LES MARCHANDS DE NOUVEAUTÉS.

M DCCC XXXIV.

Ces trois ballades sont les premières d'un recueil que nous nous proposons d'offrir plus tard au public si cet essai reçoit un accueil favorable : elles ont été dessinées et publiées en Allemagne par un de ces artistes inconnus jusqu'ici à notre public de France, si dédaigneux des travaux étrangers.

Eugène Neureuther appartient par son genre de talent tout à la fois à l'école moderne et à l'école si poétique d'Albert Durer. Les traits publiés par Eugène Neureuther sont une nouvelle poésie ajoutée à la poésie déjà si belle des textes allemands. Nous avons pris au hasard ces trois ballades; le public nous saura gré de notre nouvelle traduction de *Lénore*, petit poème déjà naturalisé en France, admiré et placé à son immense valeur. Nous avons cherché à ne lui rien ôter de son originalité ; c'est le seul mérite que nous ayons ambitionné , et nous pensons sinon l'avoir atteint, du moins en avoir approché de plus près que tous nos devanciers traducteurs.

L'Apprenti Sorcier, dans notre petit cahier, appartient par part égale à M. Neureuther et à Goëthe; la pensée du poète et celle du dessinateur semblent venues de la même inspiration.

La Mère à la veillée de Noel, pièce moins commune, retrace un de ces anciens usages allemands qui portent avec eux tout ce charme primitif des sociétés patriarcales. Nous n'avons pas besoin d'expliquer à personne que la veille de Noel les mères allemandes placent dans la chambre de leurs enfants un arbre tout chargé de bonbons et de joujous, présent des anges aux enfants sages. Hébel, auteur de cette petite ballade, a su donner à sa naïve poésie tout ce parfum d'enfance, de tendresse et de grâce que cet usage allemand possède à un si haut degré.

Nous annonçons, si notre public prend goût à cet essai, la belle poésie de *la Cloche* de Schiller, également illustrée par les dessins de M. Eugène Neureuther; nous espérons pouvoir la publier dans le courant de février.

Lénore,

Lénore surgit en tressaillant, réveillée au matin par des rêves pénibles. — Guillaume, es-tu infidèle? ou bien es-tu mort? Combien tarderas-tu encore? — Guillaume était parti avec les troupes du roi Frédéric, avait assisté à la bataille de Prague, et n'avait pas écrit ce qu'il était devenu.

Le roi et l'impératrice, fatigués de leurs longues querelles, adoucirent leur humeur guerrière, et firent enfin la paix. Chaque armée, avec des chants et des cris de joie, au bruit des tambours et des timbales, ornée de branches vertes au chapeau, prit le chemin de ses foyers.

Et partout, partout, sur les grandes routes comme sur les sentiers, coururent jeunes et vieux attirés par les chants de triomphe des arrivants. — Dieu soit loué! s'écriaient enfants et épouses. Sois le bienvenu, disait mainte joyeuse fiancée. — Mais pour Lénoré, bienvenu et baisers étaient perdus.

Elle questionna le cortége dans toute sa longueur et demanda après tous les noms; mais personne de tous ceux qui y étaient ne put lui répondre. Quand l'armée eut défilé, elle déchira ses cheveux de corbeau, et se roula à terre en tordant ses membres avec fureur.

Sa mère courut à elle. — Oh! que le ciel te prenne en pitié, mon enfant chéri; que t'arrive-t-il? — Et elle la serra dans ses bras. — Oh! mère, mère, ce qui n'est plus n'est plus! Maintenant adieu le monde et tout au monde! Dieu n'a pas de pitié! Douleur! douleur, à moi, malheureuse!

— Grand Dieu, assistez-nous! Enfant, dis un *pater*; ce que Dieu fait est bien fait. Dieu a pitié de nous. — Oh! mère, mère, vain espoir; Dieu n'a pas bien agi avec moi. A quoi bon ma prière? elle est maintenant inutile.

— Grand Dieu, assistez-nous! Qui connaît le père sait qu'il vient au secours de ses enfants. Le saint sacrement adoucira ta douleur. — Oh! mère, mère, ce qui me brûle le cœur ne sera guéri par aucun sacrement; aucun sacrement ne peut rendre la vie aux morts!

— Écoute, enfant: et si dans sa fausseté cet homme s'était démis de sa foi et avait contracté une nouvelle union dans le pays des Hongrois? Enfant, abandonne son cœur; il en sera bien puni, quand corps et ame se sépareront: son parjure le brûlera comme un feu.

Oh! mère, mère, ce qui n'est plus n'est plus! ce qui est perdu est perdu! La mort, la mort fut mon lot! Oh! si je n'étais née jamais! Éteins-toi, ma lumière, éteins-toi pour toujours; meurs, meurs dans la nuit et les horreurs. Dieu est sans pitié. Douleur, douleur à moi, malheureuse!

— Grand Dieu, assistez-nous! n'appelez pas votre pauvre enfant devant votre justice, elle ne sait pas ce que dit sa langue; ne lui tenez pas compte d'un péché. Oh! enfant, oublie ta douleur terrestre et pense à Dieu et à ton salut; alors, du moins, ton ame ne perdra pas son fiancé.

— Oh! mère, qu'est-ce que le salut? Oh! mère, qu'est-ce que l'enfer? Près de lui est le salut; sans Guillaume c'est l'enfer. Éteins-toi, ma lumière, éteins-toi pour toujours; meurs, meurs dans la nuit et les horreurs. Sans lui je ne veux de salut ni dans le ciel ni sur la terre.

Ainsi le désespoir se déchaînait dans son cerveau et dans ses veines. Elle continua à invectiver avec audace la providence divine, se meurtrit la poitrine et se tordit les mains jusqu'au moment où le soleil se coucha, jusqu'au moment où à la voûte du ciel parurent les étoiles dorées.

Et au dehors un bruit — tro, tro, tro, tro, comme les fers d'un cheval et le cliquetis des éperons. Un cavalier descendit à la rampe de l'escalier; puis écoute, à l'anneau de la petite porte, doucement, légèrement, kling, kling, kling, et à travers la porte s'entendirent ces mots:

Lénore.

CONTINUATION.

— Holà! ouvre, mon enfant! Dors-tu, ma belle? es-tu éveillée? Qu'éprouves-tu encore pour moi? Pleures-tu ou ris-tu? — Quoi! Guillaume! toi, si tard dans la nuit! J'ai pleuré et j'ai veillé. Ah! j'ai eu beaucoup de mal! D'où viens-tu à cheval comme cela?

— Nous ne sellons nos chevaux qu'à minuit. J'arrive de bien loin, de Bohême. Je me suis levé tard, et je viens te prendre avec moi. — Ah! Guillaume! entre d'abord, bien vite. Le vent siffle dans les buissons. Entre, mon bien-aimé, que je te réchauffe dans mes bras.

— Laisse siffler le vent à travers les buissons. Mon noir hennit, l'éperon résonne; je ne dois pas rester ici. Viens, lève ta robe, enlève-toi et saute derrière moi sur mon cheval noir. Je dois aujourd'hui encore courir cent lieues jusqu'à notre lit de fiancés.

—Eh quoi! tu voulais aujourd'hui courir cent
lieues pour me porter au lit nuptial? Écoute,
la cloche retentit encore qui déjà a sonné onze
heures. — Regarde ici, regarde-là. La lune luit
clair. Nous et les morts courrons vite à cheval.
Je te porte, je gage, aujourd'hui encore au lit de
noces.

— Oh! dis-moi où est le réduit qui nous re-
çevra... Où? Comment! ton lit de noces? — Loin,
loin d'ici, tranquille, frais et petit; six planches et
deux planchettes. — Y a-t-il place pour moi? —
Pour toi et pour moi. Viens, relève ta robe, saute
et enlève-toi. Les convives de la noce nous espè-
rent; la porte nous est déjà ouverte.

— La belle releva sa robe, s'enleva et sauta
avec prestesse sur le coursier; elle serra le cavalier bien aimé de ses mains de lis, et tro, tro,
tro, et hop, hop, hop, ce fut un ga-
lop si emporté, que cheval et cavalier soufflaient hors d'haleine, qu'é-
tincelles et cailloux volaient en l'air.

Comme à droite, à gauche et devant leurs regards galopaient les
prairies, les champs et la campagne!
comme les ponts tonnaient sous
leurs pas! — Ma belle aurait-elle
peur? La lune luit clair. Hourra! Les
morts courent vite à cheval. Ma
belle a-t-elle peur des morts? — Oh!
non; mais laisse là les morts.

— Pourquoi ces chants? pourquoi
ces sons? Pourquoi volent les corbeaux?
Écoutez... le son des cloches; écoutez...
des chants de morts... « Portons le mort
en terre. » Et plus près s'avançait
un convoi funèbre qui portait
bière et brancard; le chant res-
semblait au cri des grenouilles
dans les étangs.

— Après minuit, enterrez le corps
avec chants, et cloches, et complaintes.
Maintenant je ramène une jeune femme
avec moi, avec moi vers son lit de noces.
Viens, sacristain, viens ici; viens avec le
chœur et hurle-moi le cantique des fiancés. Viens, prêtre, et dis la bénédiction
avant que nous soyons couchés dans le lit.

Cessez, cloches et chants.... — Le brancard disparut,.... Obéissant à son cri impé-
ratif,.... tro, tro, tro; ceux qu'il appela ac-
coururent et suivirent de près les fers du
cheval noir. Et hop, hop, hop, toujours
plus loin les emportait le bruissant galop,
et cheval et cavalier soufflaient hors d'haleine; étincelles et cailloux volaient en
l'air.

Comme à droite et à gauche galopaient
montagnes, arbres et haies! comme galopaient à gauche, à droite, à gauche, les
villages, les villes et les bourgs. — Ma belle
aurait-elle peur? La lune luit clair. Hourra!
Les morts courent vite à cheval. Ma
belle aurait-elle peur des morts? — Oh!
laisse en paix les morts.

— Voyez! voyez à l'échafaud, autour
du pivot de la roue danse une bande aé-
rienne. Là.... là.... bande.... ici.... viens....
bande, viens et suis-moi; danse-nous le
branle des noces quand nous monterons
au lit.

— Et la bande vint, frou, frou,
frou, courant après eux et faisant un
bruit étrange comme le tourbillon qui ru-
git dans des buissons de noisetiers
à travers des feuilles mortes.

Lénore.

(CONTINUATION.)

Comme volait tout ce que la lune éclairait à la ronde; comme tout volait dans le lointain; comme volaient au dessus d'eux la lune et les étoiles. — Ma belle aurait-elle peur? La lune luit clair. Hourra! Les morts courent vite à cheval. Ma belle a-t-elle peur des morts? — Grand Dieu! laisse en paix les morts!

— Mon noir, mon noir, le coq, je crois, appelle déjà; bientôt le sable va se rejoindre. Mon noir, mon noir, je sens l'air du matin. Mon noir, allons vite loin d'ici. — Finie, finie notre course; le lit de noces s'ouvre déjà. Les morts courent vite à cheval. Nous voici, nous voici arrivés.

A bride abattue ils courent vers une porte grillée; la gaule pliante fit d'un seul coup sauter serrures et verrous. Les battants se fendirent en faisant entendre un cliquetis terrible, et la course continua sur des tombeaux. Des pierres mortuaires blanchissaient à l'entour aux rayons de la lune.

— Voyez, voyez soudain, oh! oh! un miracle effroyable. Le dolman du cavalier tomba pièce à pièce comme de l'amadou pourrie. Un crâne sans cheveux ni queue; un crâne tout nu, la tête du cavalier; son corps, un squelette avec faux et clepsydre.

Haut se dressa, fougueusement hennit le noir coursier, et soufflait des étincelles, et soudain il avait disparu sous Lénore et s'était enfoncé sous terre. Des mugissements sortaient du ciel, des gémissements des tombes profondes. Le cœur tremblant de Lénore se tordait entre vie et mort.

Alors dansèrent, brillant à la lune et tourbillonnant en cercle, les esprits affiliés en longues chaînes, et hurlèrent ces paroles. — Patience! patience! quand même le cœur se rompt, n'offense pas ton Dieu au ciel. Tu es libre de ton corps; que Dieu ait pitié de ton ame!

La Mère à la veillée de Noel,

Il dort, il dort. Le voilà couché comme un prince. O mon bon ange! ce que je te demande, au nom du ciel, c'est de ne pas l'éveiller. Que Dieu soit avec l'enfant qui dort!

Ne t'éveille pas! ne t'éveille pas!— La mère s'en va d'un pas craintif, et pleine de sa tendresse de mère, elle sort l'arbre de Noel de la sombre chambrette.

—Que te pendrai-je aux branches de l'arbre? de petits bons hommes en pain d'épices, des noisettes dorées, de petites fleurs blanches, rouges et jaunes de la plus pure farine de sucre.

— Assez, assez, doux cœur d'une mère; beaucoup de douceur fuit de l'amertume. N'en sois pas prodigue; sois comme le bon Dieu, il ne nous jette pas tous les jours des bonbons.

— Réveille-toi, mon doux, mon chéri, mon petit ange. Les plus belles choses que j'ai sont à toi; elles sont soignées, gentilles, on n'y trouverait pas une tache. Qui en recevra de plus belles?

La Mère à la Veillée de Noël.

FIN.

Vraiment tout cela est magnifique. Comme ces pommes semblent nous sourire! Ah! si le confiseur est maître de son art, qu'il en fasse de comme cela. Oh! non, c'est le bon Dieu qui les a faites.

Qu'ai-je encore pour mon chéri? Un mouchoir blanc et rouge, un mouchoir des plus beaux. Oh! enfant, que Dieu te préserve, que Dieu te préserve de larmes amères!

Et qu'y a-t-il encore? Un petit livre, enfant; c'est aussi pour toi. Je t'y mettrai de jolies images de saints, car de jolies prières s'y trouvent déjà.

Maintenant je pourrais, je crois, m'en aller; il n'y a plus de bonnes choses à te donner. Eh! mais, j'y pense; il manque une verge: la voilà, la voilà!

Peut-être cela ne te fera pas plaisir; peut-être cela t'égratignera tes petits mollets; mais si tu ne le veux pas autrement elle te fera aussi du bien. Tu n'en auras pas besoin si tu ne le veux pas.

Et si tu ne le veux pas autrement, ainsi soit-il! — Mais l'amour d'une mère est tendre et doux; elle entourera la verge de rubans rouges et y mettra un joli petit nœud.

La voilà ornée et parée comme un arbre de mai. — Et quand demain le jour paraîtra, tu croiras que l'enfant de Noël a fait tout cela.

Tu prendras cela et tu ne me remercieras pas, car tu ne sauras pas qui te l'a donné. Mais si même cela ne te rendait pas content et que cela ne soit pas à ton goût, c'est toujours bon quelquefois.

Oh! oh! le guet de nuit a crié: déjà onze heures! Comme le temps passe! comme on s'oublie quand le cœur s'amuse!

Et maintenant, que le seigneur Dieu te protège! Dieu aime les enfants. Le Christ est venu ici bas, est entré dans la chair et le sang d'un enfant. Sois aussi bon que lui.

Lith. de Engelmann à Paris

L'Apprenti Sorcier.

Marche, marche,
Un bon chemin!
Que pour l'œuvre
L'eau se répande,
Et qu'en flots bien remplis
Elle coule pour un bain.

Et maintenant, viens, ô vieux balai! prends les mauvais haillons. Tu as été toujours esclave, maintenant obéis à ma volonté. Pose-toi sur deux pieds, qu'en haut soit une tête. Vite, maintenant, marche avec le pot à eau.

Marche, marche,
Un bon chemin!
Que pour l'œuvre
L'eau se répande,
Et qu'en flots bien remplis
Elle coule pour un bain.

Voyez, il court vers le rivage, vraiment le voilà déjà à la rivière, et prompt comme l'éclair le voilà qui verse des flots abondants. Quoi! déjà une seconde fois! comme le bassin gonfle! comme chaque baquet se remplit d'eau!

Arrête! arrête!
Car nous avons
Assez de tes dons.
La mesure est remplie.
Ah! je le vois, malheur! malheur!
J'ai oublié le mot nécessaire.

Ah! ce mot par lequel il redevient ce qu'il était, je l'ai oublié! Il court, il porte toujours! Ah! redeviens donc le vieux balai comme devant. Il verse toujours des flots nouveaux. Ah! et cent rivières se précipitent sur moi.

Non, plus long-temps
Je ne puis le laisser;
Je veux l'arrêter.
C'est de la malice.
Ah! Il a peur et il court plus fort.
Quelle mine! quels regards!

Engeance vomie par l'enfer, veux-tu noyer la maison? Du seuil de toutes les portes, l'eau court en longs torrents. Oh! damné balai, qui ne veut pas m'écouter; perche que tu étais, arrête donc enfin!

Quand donc finiras-tu
De courir toujours?
Je vais te saisir;
Je vais te retenir.
Je vais fendre ce vieux bois
Avec la hache aiguisée.

Voyez, il revient se traînant toujours! Lutin, je vais me jeter sur toi et tu vas tomber à terre. Le balai craque sous l'acier tranchant. Bravo! je l'ai bien attrapé. Voyez, il est en deux; et maintenant je puis espérer, et maintenant je respire.

Malheur! malheur!
Les deux parties
Sont debout
Comme des esclaves;
Elles se tiennent droit et attendent mes ordres.
Secourez-moi, puissances célestes!

Et ils courent.... Toujours plus mouillés, toujours plus mouillés la salle et l'escalier. Quelle horrible inondation! Seigneur et maître, écoute mon cri de détresse! Ah! il arrive, le maître. Seigneur, le danger est pressant; je ne puis plus me défaire des esprits que j'ai évoqués.

Dans le coin,
Balai, balai.
Soyez ce que vous fûtes:
Car le vieux maître
Ne vous évoque en esprit
Que pour servir à son œuvre à lui.